中国娃童唱经典

最美古诗

ZUI MEI GUSHI

若晴文化 编著
杨莹莹 张新民 绘

北京出版集团公司
北 京 出 版 社

图书在版编目（CIP）数据

最美古诗 / 若晴文化编著 ; 杨莹莹，张新民绘. —
北京 : 北京出版社，2019.12
（中国娃　童唱经典）
ISBN 978-7-200-14849-7

Ⅰ. ①最… Ⅱ. ①若… ②杨… ③张… Ⅲ. ①古典诗
歌—诗歌欣赏—中国—少儿读物 Ⅳ. ① I211

中国版本图书馆 CIP 数据核字（2019）第 066086 号

中国娃　童唱经典
最美古诗
ZUI MEI GUSHI
若晴文化　编著
杨莹莹　张新民　绘
*
北京出版集团公司
北京出版社　出版
（北京北三环中路6号）
邮政编码：100120
网址：www.bph.com.cn
北京出版集团公司总发行
新华书店经销
朗翔印刷（天津）有限公司印刷
*
787 毫米×1092 毫米　12 开本　7.5 印张　60 千字
2019 年 12 月第 1 版　2019 年 12 月第 1 次印刷
ISBN 978-7-200-14849-7
定价：29.80 元
如有印装质量问题，由本社负责调换
质量监督电话：010-58572393
责任编辑电话：010-58572511

序言

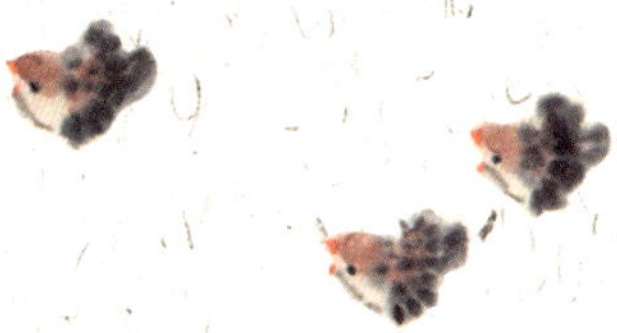

我与杨莹莹老师相识多年，这套“中国娃·童唱经典”系列是她的新作品。多年来，她一直致力于让更多人了解和喜爱中国传统文化，期望以中国画的笔墨和民间艺术造型结合的形式来表现中国传统文化。用传统文化为下一代打牢人生的底色，让中国精神、中国文化元素融入下一代成长的血脉，是杨莹莹老师多年的心愿，也是许多关心下一代的艺术教育工作者的追求。因此，当接到为这套书写序的邀请时，我欣然接受了。

杨莹莹老师很喜欢孩子，认为儿童的形象最能反映出人类自身最本原的美。故此，她选择了人见人爱的儿童作为主题，创作出融合了儿童画、剪纸以及国画大写意的作品“中国娃”系列。作为“中国娃”主题形象的首创者，杨莹莹老师以娃娃为媒介，用手中的画笔表现儿童，赞美儿童，表达真善美。

她的一幅幅中国娃娃笔墨画具有浓厚的中国民间特色，这些中国娃娃憨态可掬。很多人都说，看到这些中国娃娃，很容易联想起自己的童年，会感到很快乐。虽然这些中国娃娃表情各异，但有一点却是共通的——跃然纸上的童真童趣。

“中国娃主题国画”系列发展到现在已有十几年了。十几年来它走进社会，走进校园，走向世界，得到了国内和世界各地朋友的好评与喜欢，并成为人们互相传递祝福的文化佳品，成为许多中外朋友友谊交流的见证。

国画是中国流传了几千年的优秀文化，应该探索在孩子们心中扎根的好形式。中国传统文化博大精深，只有让孩子了解并掌握中国传统文化的基本知识，他们才能具备继承和传承中华民族优秀传统文化的能力。另外，学习和掌握传统文化中的思想精华，对树立正确的世界观、人生观、价值观很有益处。让孩子从小开始学习中国的传统文化，会潜移默化地影响孩子的行为习惯和品德。

受电子产品影响，现在孩子的生活被网络和碎片化信息占据较多，对中国传统文化却知之甚少。因此，让孩子了解并掌握中国传统文化，成为中国传统文化的传承者，是我们这一代人的责任。

俗话说得好，“书读百遍，其义自见”。虽然孩子刚学习时可能什么都不明白，不理解这些语句的意思，但是通过家长以及老师的讲解，孩子们不断地诵读，久而久之便会影响到自身的言行举止和品德。

李国强　中国关心下一代工作委员会公益文化中心主任

目录

中国娃 童唱经典

山村咏怀

宋 | 邵雍

一去二三里，烟村四五家。
亭台六七座，八九十枝花。

古诗趣谈

邵雍，自号安乐先生。邵雍特别好学，为磨炼艰苦求学的意志，他冬天不生炉子，夏天不扇扇子，晚上不上床睡觉，坚持了好几年。后来他发现不能读死书，还应该游历四方，于是开始了旅行。这首诗就是诗人在阳春三月去共城（今河南省辉县市）游玩时所作。

春晓

唐 | 孟浩然

春眠不觉晓，处处闻啼鸟。

夜来风雨声，花落知多少。

古诗趣谈

孟浩然，唐代著名的山水田园派诗人，早年隐居鹿门山(位于今湖北省襄阳市)，鹿门山中有一处八角井，相传孟浩然就是常喝这里的水，加上山中灵气熏陶，才拥有盖世诗情。这首诗即是他隐居鹿门山时所作。诗中描绘了一幅春天早晨绚丽的图景，抒发了诗人热爱春天、珍惜春光的美好心情。

小池

宋 | 杨万里

泉眼无声惜细流，树阴照水爱晴柔。
小荷才露尖尖角，早有蜻蜓立上头。

古诗趣谈

杨万里，南宋杰出的爱国诗人，他的诗歌大多描写自然景物，且以此见长，他创造了语言浅近明白、清新自然，富有幽默情趣的“诚斋体”。有一年，杨万里到常州任职，这里淳朴的民风、小河的流水、美丽的田野都使他感到新鲜。杨万里诗兴高涨，即成小诗一首，描绘了一幅生动的小池风物图，表现了大自然中万物之间亲密和谐的关系。

村居

清 | 高鼎

草长莺飞二月天，拂堤杨柳醉春烟。
儿童散学归来早，忙趁东风放纸鸢。

古诗趣谈

高鼎，清代后期诗人，因《村居》这首诗而被人知晓。高鼎生活在鸦片战争之后，晚年因受到议和派的排挤，归隐于农村。在远离战争前线的村庄，宁静的早春二月，草长莺飞，杨柳拂堤，一派生机勃勃的景象，诗人欣喜于春天的来临写下了这首诗。

枫桥夜泊

唐 | 张继

月落乌啼霜满天，江枫渔火对愁眠。
姑苏城外寒山寺，夜半钟声到客船。

古诗趣谈

这是唐朝安史之乱之后，张继途经寒山寺时，写下的一首意境深远的羁旅诗，表达了他旅途中孤寂忧愁的思想感情。相传唐武宗特别喜欢这首诗，曾命京城第一石匠精心刻制了一块诗碑，并把它放在自己的陵墓中。《枫桥夜泊》这首诗在日本也家喻户晓，被选入日本小学课本。

寻隐者不遇

唐 | 贾岛

松下问童子，言师采药去。
只在此山中，云深不知处。

古诗趣谈

贾岛，中唐时期诗人，人称“诗僧”，据说他早年曾经出家当过和尚，但因当时有禁止和尚午后外出的规定，贾岛便作诗发牢骚，被韩愈发现才华，为了拜韩愈为师，于是又还了俗。这首诗是贾岛到山中寻访隐者未果有感而作的。

渔歌子

唐丨张志和

西塞山前白鹭飞，桃花流水鳜鱼肥。

青箬笠，绿蓑衣，斜风细雨不须归。

古诗趣谈

张志和，少年成名，六岁就能做文章，是唐代最早填词并有较大影响的词人之一。《渔歌子》，又叫作《渔歌曲》，是张志和的《渔父》词五首之一，原本是教坊的曲名。张志和最初名叫龟龄，相传是他的母亲在怀孕期间梦见有神仙赐灵龟，所以取名龟龄。

江雪

唐 | 柳宗元

千山鸟飞绝，万径人踪灭。
孤舟蓑笠翁，独钓寒江雪。

古诗趣谈

柳宗元，世称“柳河东”“河东先生”，是唐宋八大家之一，他很多知名的作品都是写于被贬之后。《江雪》一诗就是他被贬到柳州任职时所作。虽然被贬，但柳宗元没有懈怠工作。在柳州任职期间，他不仅兴办学堂，还致力于改变当地陈旧的思想观念，破除迷信，为柳州凿开了第一口井。

悯农二首·其一

唐 | 李绅

锄禾日当午，汗滴禾下土。
谁知盘中餐，粒粒皆辛苦。

古诗趣谈

烈日当空的正午是一天最热的时候，此时农民还在田里劳作，非常辛苦。我们吃的粮食都是由农民辛勤的汗水换来的，表达了诗人李绅对农民真挚的同情之心。相传这首诗是李绅偶遇同榜进士登台远望时所作，后来传到皇帝耳朵里，皇帝为奖励李绅点出民情，还给他升了官。

惠崇春江晓景二首·其一

宋 | 苏轼

竹外桃花三两枝，春江水暖鸭先知。
蒌蒿满地芦芽短，正是河豚欲上时。

古诗趣谈

苏轼，世称苏东坡，北宋文学家、书法家、画家、美食家。苏轼在常州时，一户乡绅家邀请他品尝河豚汤，苏轼的同事劝阻说河豚有毒，苏轼不听，边吃边说：“太棒了，就算是毒死了也值！”苏轼不仅爱品尝美食，还发明了不少美食，如著名的“东坡肉”。

题西林壁

宋 | 苏轼

横看成岭侧成峰，远近高低各不同。

不识庐山真面目，只缘身在此山中。

古诗趣谈

这是一首诗中有画的写景诗，又是一首哲理诗，哲理蕴含在对庐山景色的描绘之中。苏轼几经被贬，奔走四方，生活阅历丰富，善于发现极平常的生活内容和自然景物蕴含着的深刻哲理。诗中的哲理通过生动、鲜明的形象自然而然地表达出来，既优美动人，又饶有趣味。

元日

宋 | 王安石

爆竹声中一岁除，春风送暖入屠苏。

千门万户曈曈日，总把新桃换旧符。

古诗趣谈

王安石，唐宋八大家之一，也是北宋著名的改革家。这首诗写于王安石主持变法期间。元日，即春节。当他看到家家户户忙着过春节，联想到变法后的新气象，有感而发写了这首诗。王安石对新政充满信心，所以全诗充满了欢快、积极向上的奋发精神，诗中描写了人们用新的桃符代替旧的，隐喻革除旧政、施行新政。

游子吟

唐 | 孟郊

慈母手中线，游子身上衣。
临行密密缝，意恐迟迟归。
谁言寸草心，报得三春晖。

古诗趣谈

孟郊早年漂泊无依，贫困潦倒，直到五十岁时才得到溧阳县尉的官职，结束了长年漂泊流离的生活，于是将母亲接来住。因为仕途失意，孟郊饱尝了世态炎凉，更加觉得亲情可贵，于是写出这首发自肺腑、感人至深的颂母诗。因此诗情感真挚自然，引人共鸣，千百年来广为传诵。

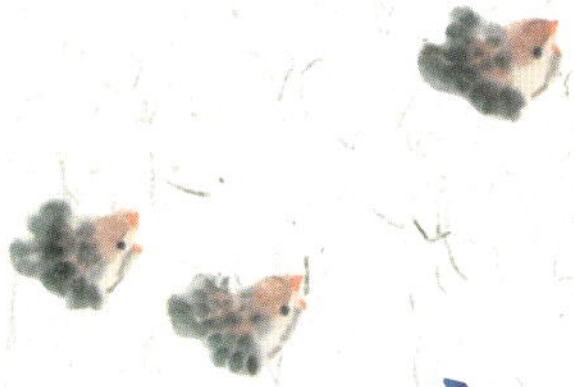

晓出净慈寺送林子方

宋 | 杨万里

毕竟西湖六月中，风光不与四时同。
接天莲叶无穷碧，映日荷花别样红。

古诗趣谈

杨万里和林子方是好友，两人志同道合，视对方为知己。后来，林子方被调往福州任职。这首诗就是杨万里送林子方赴福州时所写，本诗通过描写六月西湖的美丽景色，含蓄地表达了对朋友林子方的挽留之情。

宿新市徐公店

宋 | 杨万里

篱落疏疏一径深，树头花落未成阴。

儿童急走追黄蝶，飞入菜花无处寻。

古诗趣谈

新市，今浙江省德清县新市镇，位于建康（今江苏省南京市）和临安（今浙江省杭州市）之间。杨万里当时正任江东转运副使，住所在建康，经常要去往临安述职，新市是往返两地的必经之地，这里水陆环绕，交通便利。杨万里途经这里，停留歇息时看到暮春农村的美丽景色，有感而发，写下一组诗（共两首），本首为其二。

古诗趣谈

白居易，号香山居士，唐代三大诗人之一。白居易自幼聪慧，而且刻苦学习，十几岁就能写出很好的诗。本诗就是他十六岁时所写，这是一首应考习作。按当时考试的规定，凡是指定的试题，题目前都要加上“赋得”两字。由于大诗人顾况对这首诗赞赏有加，因此这首诗也成为了白居易进入仕途的敲门砖。

赋得古原草送别

唐 | 白居易

离离原上草，一岁一枯荣。
野火烧不尽，春风吹又生。
远芳侵古道，晴翠接荒城。
又送王孙去，萋萋满别情。

乌衣巷

唐 | 刘禹锡

朱雀桥边野草花，乌衣巷口夕阳斜。

旧时王谢堂前燕，飞入寻常百姓家。

古诗趣谈

刘禹锡，唐朝著名诗人，有“诗豪”之称。乌衣巷是中国历史上悠久而著名的古巷，乌衣巷的得名有很多种说法，有人说是东吴时期，因为这里驻扎的禁卫军穿的都是乌衣，被称为乌衣营，后来才改为乌衣巷；也有人说是因为东晋时期，居住在这里的两个大户人家认为乌衣能显示身份尊贵，都爱穿乌衣，所以人们把这里称为乌衣巷。

静夜思

唐 | 李白

床前明月光，疑是地上霜。
举头望明月，低头思故乡。

古诗趣谈

李白，字太白，号青莲居士、“谪仙人”，被后人誉为“诗仙”，与杜甫并称为“李杜”。

本诗是一首传诵千古、中外皆知的名诗。是李白二十六岁时在扬州一家旅舍里写的，描写了秋日夜晚，诗人在屋内抬头望月时的感悟。整首诗没有奇特新颖的想象，也没有精美的辞藻，只用叙述的语气，却写出了意味深长的思乡之情。

梅花

宋 | 王安石

墙角数枝梅，凌寒独自开。
遥知不是雪，为有暗香来。

古诗趣谈

本诗是以梅花的坚强和高洁品格，喻示那些像诗人一样，处于艰难环境中，依然能坚持操守、主张正义的人。王安石性格执拗，再次辞相后，心灰意冷，放弃了改革，后退居钟山。此时，诗人的孤独心态和艰难处境与傲雪凌霜的梅花有着共通的地方，因此写下此诗。

江南春

唐 | 杜牧

千里莺啼绿映红，水村山郭酒旗风。

南朝四百八十寺，多少楼台烟雨中。

古诗趣谈

杜牧，人称“小杜”，用于区别杜甫，他与李商隐并称“小李杜”。杜牧生活的晚唐时代，国家动荡、战乱不断。这首诗既是怀古，也是对当朝统治者的委婉劝诫。本诗着眼于整个江南特有的景色，虽然篇幅很小，却描绘了广阔的画面，故题为《江南春》。

所见

清 | 袁枚

牧童骑黄牛，歌声振林樾。
意欲捕鸣蝉，忽然闭口立。

古诗趣谈

袁枚，清代著名诗人、散文家，钱塘（今浙江省杭州市）人。袁枚喜欢追求山林之乐，但年轻时由于遵循“父母在，不远游”的信条，一直到六十七岁服丧完毕才开始尽情游历山水，直到八十一岁他还出游吴江。旧时交通不便，出游常常要忍受舟车劳顿、跋山涉水之苦，袁枚这么大的年纪居然兴致不减，频繁出游，难怪当时有人称赞他“八十精神胜少年，登山足健踏云烟”。

池上

唐 | 白居易

小娃撑小艇，偷采白莲回。
不解藏踪迹，浮萍一道开。

古诗趣谈

本诗描绘了莲花盛开的夏日里，天真活泼的孩童撑着小船偷采莲花，后因得意忘形而忘记隐藏踪迹，小船留下水痕的有趣画面。白居易非常擅长写叙事诗，用十分通俗的语言将诗中的小孩描写得非常可爱、可亲，整首诗虽然像大白话，但极富有韵味。

秋夕

唐 | 杜牧

银烛秋光冷画屏，轻罗小扇扑流萤。
天阶夜色凉如水，卧看牵牛织女星。

古诗趣谈

秋夕，秋天的夜晚。杜牧对古代女性充满同情和悲悯，写过不少关于女性题材的诗，本诗即是一首宫怨诗，描写了七夕之夜，一位孤单的宫女仰望天河两侧的牛郎织女，用扇子扑流萤排遣寂寞，表现了宫女举目无亲、百无聊赖的苦闷心情，反映了宫廷妇女不幸的命运。

清明

唐｜杜牧

清明时节雨纷纷，路上行人欲断魂。
借问酒家何处有，牧童遥指杏花村。

古诗趣谈

清明，二十四节气之一，是气候容易发生变化的时节，常常有雨。清明节也是传统节日，有扫墓、踏青等习俗，是家人、好友团聚，相伴外出扫墓，踏青赏玩的日子。杏花村，原指杏花深处的村庄，后来因此诗流传广泛，又成为酒家的雅号。

早发白帝城

唐｜李白

朝辞白帝彩云间，千里江陵一日还。
两岸猿声啼不住，轻舟已过万重山。

古诗趣谈

这首诗作于李白流放期间。途中，李白经过四川白帝城，忽然收到被赦免的消息，惊喜交加，立即掉头回江陵，在回程中写下了这首诗。为了表达被赦免的畅快心情，李白还特意用上韵脚，使全诗显得格外悠扬、轻快，回味悠长，这是李白诗作中流传最广的名篇之一。

古朗月行（节选）

唐 | 李白

小时不识月，呼作白玉盘。
又疑瑶台镜，飞在青云端。
仙人垂两足，桂树何团团。
白兔捣药成，问言与谁餐？

古诗趣谈

李白是最伟大的浪漫主义诗人之一，善于从神话传说中吸取营养和素材，并形成自己独特的风格。本诗就是一首很有代表性的浪漫主义诗作，借用月中有仙人、桂树、白兔这一古代神话，写出了月亮初升到逐渐明朗，如仙境般的景致。而且本诗采用了儿童的视角，让月亮更多了几分可爱，新颖有趣又充满想象力。

望庐山瀑布

唐 | 李白

日照香炉生紫烟，遥看瀑布挂前川。
飞流直下三千尺，疑是银河落九天。

古诗趣谈

李白酷爱喝酒，诗作多是在喝醉时写的。他蔑视封建等级制度，不愿阿谀逢迎，也不屑于与世俗同流合污，渴望个性的自由和解放。于是用狂放不羁的生活态度试图挣脱桎梏、争取自由，常常纵酒狂歌，把美好的大自然作为理想的寄托、自由的化身来歌颂。

春夜喜雨

唐 | 杜甫

好雨知时节，当春乃发生。
随风潜入夜，润物细无声。
野径云俱黑，江船火独明。
晓看红湿处，花重锦官城。

古诗趣谈

杜甫，著名的现实主义诗人，被称为“诗圣”。写这首诗时，杜甫已经在成都草堂定居两年。这两年里，他亲自耕作，种菜养花，因而明白春雨对庄稼有多重要。本诗运用拟人手法，细致地描绘了春雨的特点和成都夜雨的景象，赞美了来得及时、滋润万物的春雨。

绝句

唐 | 杜甫

两个黄鹂鸣翠柳，一行白鹭上青天。

窗含西岭千秋雪，门泊东吴万里船。

古诗趣谈

本诗写于“安史之乱”之后，当时杜甫一度避往梓州。第二年，叛乱得以平定，杜甫回到了成都草堂。他的心情很好，面对这一派生机勃勃的景色，情不自禁写下了这一首即景小诗，描写了草堂周围明媚秀丽的春天景色。

春夜洛城闻笛

唐 | 李白

谁家玉笛暗飞声，散入春风满洛城。
此夜曲中闻折柳，何人不起故园情。

古诗趣谈

这天晚上，李白客居在洛阳，突然听到有人用笛子吹奏《折杨柳》的曲调，不禁思念起自己的家乡和亲人。为什么听到笛声会触动思乡之情呢？因为古人送别时有折柳的习俗，盼望亲人归来时也会折柳，“柳”谐音“留”，所以用折柳送行表达离别之情。相传长安的灞桥就是有名的送别之地，那里的杨柳因为送别的人太多几乎被折光了。

九月九日忆山东兄弟

唐 | 王维

独在异乡为异客，每逢佳节倍思亲。
遥知兄弟登高处，遍插茱萸少一人。

古诗趣谈

王维，河东蒲州（今山西省永济市）人，蒲州在华山东面，所以称故乡的兄弟为山东兄弟。九月九日是重阳节，有些地方有登高的习俗，在登高时佩戴茱萸囊，据说可以避灾。重阳节，王维独自一人漂泊在洛阳与长安之间，不禁想到远在家乡的兄弟，他登高时是不是也在怀念自己呢？

明日歌

明 | 钱福

明日复明日，明日何其多。
我生待明日，万事成蹉跎。
世人若被明日累，春去秋来老将至。
朝看水东流，暮看日西坠。
百年明日能几何？请君听我明日歌！

古诗趣谈

钱福，明代状元，字与谦，自号鹤滩，为五代十国时期的吴越王钱镠之后。《明日歌》是他最有名的一首诗歌，意思浅显易懂，语言通俗。诗人以自己为例，告诫和劝勉人们要牢牢地抓住今天，今天的事要今天做，不要把希望寄托在未知的明天。一生能有多少个明日呢？

古诗趣谈

黄鹤楼的得名，传说是因为古代有一位仙人，在此乘鹤而去。由于有这样一个故事，黄鹤楼吸引了众多文人前来，留下了不少佳作，本诗是其中的一首。相传李白也来黄鹤楼作过诗，但觉得自己写的不如崔颢的好，于是在黄鹤楼上写了一首打油诗：“一拳击碎黄鹤楼，两脚踢翻鹦鹉洲。眼前有景道不得，崔颢题诗在上头。”

登黄鹤楼

唐 | 崔颢

昔人已乘黄鹤去，此地空余黄鹤楼。
黄鹤一去不复返，白云千载空悠悠。
晴川历历汉阳树，芳草萋萋鹦鹉洲。
日暮乡关何处是？烟波江上使人愁。

乐游原

唐 | 李商隐

向晚意不适，驱车登古原。
夕阳无限好，只是近黄昏。

古诗趣谈

乐游原是唐代的游览胜地，是京城人游玩的好去处，因为地理位置高，便于览胜，古代文人墨客也经常来此作诗抒怀。李商隐在官场之中志向得不到施展，这首诗正是他心境郁闷的写照。相传白居易晚年非常喜爱李商隐的诗，曾开玩笑："希望我死后能够投胎当你的儿子。"后来李商隐的大儿子出生后取名叫白老，但白老却十分蠢笨。小儿子倒十分聪慧，大家都笑说如果白居易投胎，应该是李商隐的小儿子。

长歌行

汉乐府

青青园中葵，朝露待日晞。
阳春布德泽，万物生光辉。
常恐秋节至，焜黄华叶衰。
百川东到海，何时复西归？
少壮不努力，老大徒伤悲！

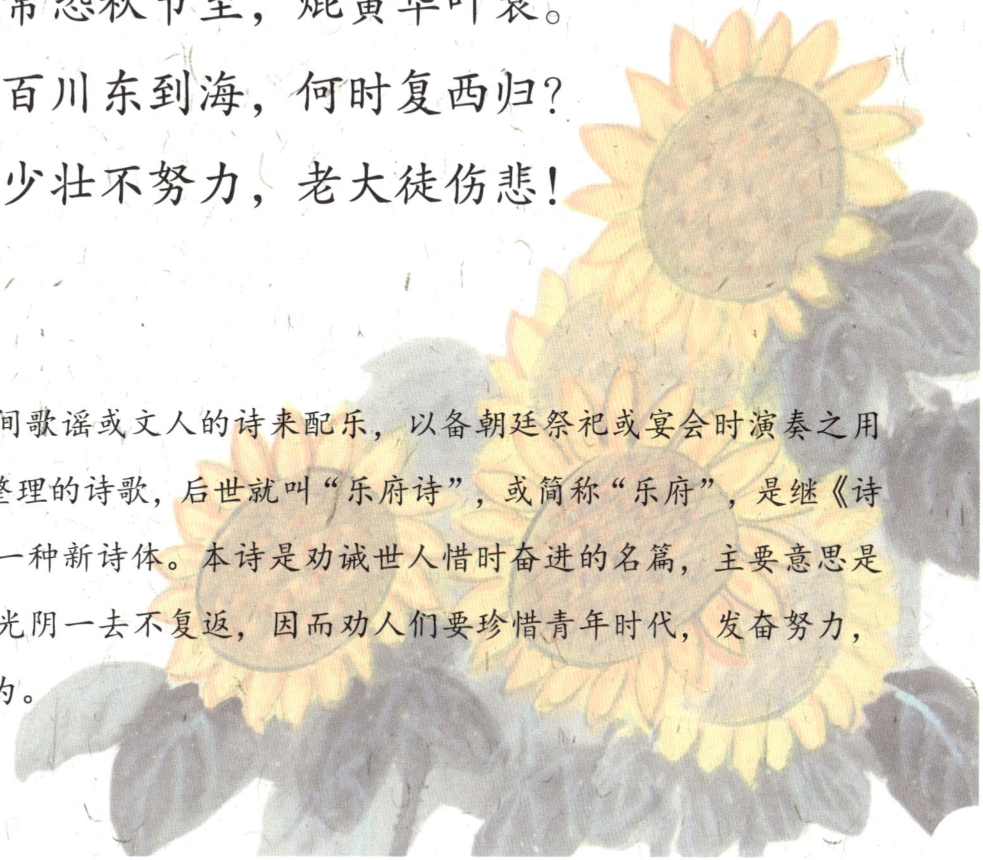

古诗趣谈

乐府，是采集民间歌谣或文人的诗来配乐，以备朝廷祭祀或宴会时演奏之用的机构名称。它搜集整理的诗歌，后世就叫“乐府诗”，或简称“乐府”，是继《诗经》《楚辞》而起的一种新诗体。本诗是劝诫世人惜时奋进的名篇，主要意思是说时节变换得很快，光阴一去不复返，因而劝人们要珍惜青年时代，发奋努力，趁少壮年华应有所作为。

回乡偶书二首·其一

唐 | 贺知章

少小离家老大回，乡音无改鬓毛衰。
儿童相见不相识，笑问客从何处来。

古诗趣谈

贺知章，唐代诗人、书法家。贺知章在八十六岁时辞去朝廷官职，告老返回故乡，此时距他离开家乡已有五十多个年头了。本诗抓住了家乡的变与不变的对比，流露出诗人对生活变迁、岁月沧桑、物是人非的感慨与无奈之情。

竹里馆

唐 | 王维

独坐幽篁里，弹琴复长啸。
深林人不知，明月来相照。

古诗趣谈

王维的大多数诗都是山水田园之作，与孟浩然合称“王孟”，有“诗佛”之称。王维早年信奉佛教，思想超脱，加上仕途坎坷，四十岁以后就过着半官半隐的生活，常常独自坐在幽深的竹林之中，弹着古琴抒发寂寞的情怀。这首诗是王维晚年隐居蓝田辋川时创作的，描绘了诗人月下独坐、弹琴长啸的悠闲生活。全诗虽只有短短的二十个字，但有景有情、有声有色、有静有动、有实有虚，相映成趣，是诗人生活态度以及作品特点的绝佳表述。

咏柳

唐 | 贺知章

碧玉妆成一树高，万条垂下绿丝绦。

不知细叶谁裁出，二月春风似剪刀。

古诗趣谈

贺知章少时即以诗文知名，是浙江历史上第一位有资料记载的状元。他的写景诗因不求工整，反而显得清新脱俗，充满新意。这首诗中，他笔下的柳树就像一位经过梳妆打扮的亭亭玉立的美人，楚楚动人，充满青春活力。

竹石

清 | 郑板桥

咬定青山不放松，立根原在破岩中。
千磨万击还坚劲，任尔东西南北风。

古诗趣谈

郑板桥，原名郑燮，人称板桥先生，清代比较有代表性的文人画家，一生只画兰、竹、石。相传每当他看到贪官被游街示众时，便画一幅兰竹石图，挂在犯人身上，借以警世醒民。郑板桥辞官后，回到扬州卖字画，身价与以前已大不相同，求画者众多，收入颇为可观。但他十分厌恶那些附庸风雅的暴发户，即便对方出高价也不理会。

苔

清 | 袁枚

白日不到处，青春恰自来。
苔花如米小，也学牡丹开。

古诗趣谈

这首诗中，表述的是苔藓虽不如牡丹华丽，多寄生于阴暗潮湿之处，却也有自己的生命本能和生活意向，没有因为环境恶劣而丧失生发的勇气。袁枚善于发现细微之处的美，是个很重视生活情趣的人，同时，也是清代有名的商业炒作高手。他曾花重金在江宁购得随园并重修，将随园打造成著名的游玩与品尝美食的场所，收益颇高，“随园先生”一称也是因此而得名。

扫一扫

快来听听董乐阿姨和

十七个中国娃的朗诵吧

诵读童声：常皓翔　张　朕　钱玗霖　肖雨杭

赵梓辰　许诗棋　江长骏　程垚霖

韩雨辰　鄢家煜　汤　悦　李一诺

马　锐　张果果　刘昭宁　张　早

管伊伊（排名不分先后）